心中的灰熊

陆辉艳 著

广西 2014—2015 年重点文学创作扶持项目

广西人民出版社

图书在版编目（CIP）数据

心中的灰熊 / 陆辉艳著. —南宁：广西人民出版社，2016.3

广西 2014～2015 年重点文学创作扶持项目

ISBN 978-7-219-09819-6

Ⅰ.①心… Ⅱ.①陆… Ⅲ.①诗集—中国—当代 Ⅳ.①I227

中国版本图书馆CIP数据核字（2016）第 044760 号

策划编辑 吴春霞
责任编辑 林晓明
责任校对 曾蔚茹
印前制作 麦林书装
封面设计 广大迅风艺术
王 媚

出版发行	广西人民出版社
社　　址	广西南宁市桂春路 6 号
邮　　编	530028
印　　刷	广西民族印刷包装集团有限公司
开　　本	787mm×1092mm 1/16
印　　张	11.5
字　　数	90 千字
版　　次	2016 年 3 月 第 1 版
印　　次	2016 年 3 月 第 1 次印刷
书　　号	ISBN 978-7-219-09819-6/I・1869
定　　价	28.00 元

目　录

CONTENTS

辑一：迁徙

002 / 礼物
003 / 我们喝过的水
004 / 最好的风景
005 / 热爱
006 / 拍照
007 / 发言
008 / 大苹果
009 / 木匠
010 / 缺席
011 / 妇科病房
012 / 强迫症
013 / 帮凶
014 / 失眠诗
015 / 幸好
016 / 在南宁港空寂的码头
017 / 环
018 / 父亲深夜来到我家
020 / 迁徙
021 / 手铐
022 / 他的手使一盆水升温

023 / 造型师
024 / 丧事
025 / 有一次
026 / 最后一块长蒿草的土地
028 / 火车停在广州东站
029 / 奶奶
031 /“已经到了，危险的程度……”
032 / 上尧码头
033 / 春天，一大群蚂蚁聚在草地上
035 / 粗糙的判断
036 / 空缺之诗
037 / 只差一步
038 / 状况
039 / 梭罗乐意邀我去湖边耗散时光
041 / 今天是安静的
042 / 土地有它自己的脾气

辑二：不合时宜

044 / 反面
045 / 回到小学校园
046 / 银河之夜
047 / 大不界山
048 / 真相
050 / 清晨
051 / 青麻地
052 / 搬离
053 / 我有一列火车
054 / 然而
055 / 静静伫立
056 / 雕像

057 / 我头发散着热
058 / 南方来信：问题
059 / 复活之歌
061 / 南方信札：火车
063 / 南方信札：隔阂
065 / 南方信札：“并不是这样……”
067 / 不合时宜
068 / 一个法国乡间小镇
069 / 在黄昏写一封信
070 / 像落日。烧着了我的手
071 / 我的河流
072 / 远远的雷声
073 / 在屯放屯听韦大姉算数
074 / 初雪
075 / 绿萝
076 / 头发的事
077 / 滞留的时光
078 / 卡巴斯基，卡巴斯基
079 / 既然
080 / 像孩子一样自由
081 / 多么静的夜晚我在此
082 / 短歌Ⅰ
083 / 短歌Ⅱ
084 / 短歌Ⅲ

辑三：她弯着腰，度过了她肉体的一生

086 / 一度
087 / 孝歌
089 / 共有的方式
090 / 凌晨两三点

091 / 出塞
092 / 穿行
093 / 一会儿
095 / 2008 年 6 月，麻村
096 / 野外，一大片白茅
097 / 清晨和傍晚的 89 路车
100 / 这些时日
101 / 凝聚力
102 / 不能止息
103 / 自然的方式
104 / 正是如此
105 / 猫儿山以东
106 / 够不着的七月：营地日记（节选）
110 / 她弯着腰，度过了她肉体的一生
111 / 仲夏
112 / 西街往事
113 / 途中
114 / 裸露
115 / 在西岛
116 / 那些有筋骨的石头
117 / 摇摇欲坠
118 / 隔世
119 / 如此
120 / 叙述
121 / 落日
122 / 露天电影
123 / 春天
124 / 美玉
125 / 游戏
127 / 山中之夜
128 / 昨天的意义

129 / 消解

辑四：心中的灰熊

132 / 魔蝎·十日
134 / 高处和低处
135 / 心中的灰熊
136 / 黑白相簿
137 / 困倦
138 / 梦境
140 / 这些落入黑夜的黄金
141 / 在丹州
142 / 十月随想
143 / 渐变
144 / 丛林之中
145 / 风不停地吹
146 / ZP@
147 / 引力
148 / 长成自己的样子
149 / 热爱
151 / 邕江边
152 / 春天是个加工厂
153 / 魔蝎Ⅰ
154 / 魔蝎Ⅱ
155 / 隔世
156 / 簌簌
157 / 风吹草低
158 / 黄口山
159 / 力量
160 / 修辞
162 / 起重机

163 / 在梧州骑楼
164 / 凌晨四点的石表山
165 / 晒场上
166 / 挣扎
167 / 声音
168 / 麻村的时光
169 / 麻醉师
170 / 凶手
171 / 花果山记
172 / 2015 年最后一首诗
173 / 上海记
174 / 他走进集装箱
175 / 二十六日晚，在外滩
176 / 邮筒

辑一：迁徙

礼　物

暮色中的事物，看起来
比白昼美。比白昼亲切和动人
我合上相机盖，穿过一条
没有路灯的街道
它甚至没有名字
经过的人，也寥寥无几
我走得很快，一丛植物绊了我一下
哦，一大片鬼针草，在灰扑扑的
道路旁，开着白花
朴素得像天使
我走进去，摘下一朵
别在衣服口袋里
就这样，心中盛满了喜悦和安宁
一路轻快地回到家，脱掉外套
发现一排细密的植物尖针
扎在我的袖口上——
这意外的礼物！
我想带走它的柔软
最后它连尖锐
一起赠予了我

我们喝过的水

那些年，我们的暑假生活
就是每天赶着牛
去山坡上，边放牧
边采收青麻
口渴了，就匍匐在
雨水坑里，满足地
喝上一大口

后来在上海，听诗人张二棍
说起他在地质队野外作业的经历
当他说到，牲口一样俯下身
喝牛蹄印里的水——

我的喉咙呛了一下
多么相似的经历啊
是什么让我们
低下头来，坦然，不悲伤
并且直到今天
仍心怀感激

最好的风景

父亲住的病房，在走廊尽头
对面是一排居民房
几片尿布在风中飘荡
我听见婴儿哭声，从五年前
儿子出生的那个春天传来

病房右边是开水房
从窗口望出去
一条曲折小径
通往低矮的白色房子
刚刚有人从那儿哭泣着回来

我抽紧着心
逃回父亲的病房
他正慢慢吃着一个苹果
眼睛盯着窗外
顺着他的视线
哦，那儿有最好的风景
一座中学时代的山，密集地
扎满了阳光、青竹、松树和柏树
我曾在日记中写到过它们

热　爱

黑色的鸭子浮在水面上
安静时像一群黑天鹅
我热爱过黑天鹅的安宁
也爱过湾木腊河面上一群鸭子的喧嚣

拍　照

莫大叔和莫大嫂
一生只拍过三次照
一次是身份证件照
一次是恋爱时，在照相馆拍的
莫大叔的手轻轻地
搭在莫大嫂的肩上
还有一次，是他们的结婚证件照
俩人在黑白影像里
笑得像两颗纯洁的黑葡萄

那天中午
我路过他们新起的房子
莫大叔拉住我：
“给俺们拍张照吧……”
他们掖好衣角，笔直地
站在我面前
像两个刚入伍的新兵
我屏住气按下快门
照片上，莫大叔的手
被莫大嫂，羞涩地打了下去
因而一直悬在空中

发　言

那些枝蔓一直延伸到了屋顶
最后遮蔽了天空
我走进亚麻地，我看见了褐色的麻花
印在我的粗布纱上。在十一月的露水中
灰色田鼠叼去了我的清晨

但我只告诉你生活的冰山一角
我嫌自己表达得足够多
而侵犯你的想象
如果我曾经喋喋不休
请原谅，那是我遭遇了低谷
一旦我走出这片荒地
我对生活的发言，将惜字如金

大苹果

他每天在思贤路上，来来回回地
压低帽檐打电话
有时他蹲在马路边
举着一个破手机喊：喂喂喂
有时他摘下帽子，挠着一头乱发
似乎在谈一桩生意，而且
即将成功
那天早晨我故意放慢车速
看他像煞有介事地拨通电话
口气温柔得像个好父亲
“等着我，给你们买大苹果！”
这个身披破布条的流浪汉
手中举着一个脏污的
手机模型，说了这么久以来
我唯一听清楚的一句话

木　匠

他占有一堆好木料。先是给生活
打制了一扇光鲜的门。那时他很年轻
他走进去，锯榫头，打墨线
哐当哐当，又制了一张床
他睡在上面，第一年迎来了他的女人
第二年他的孩子到来。第三年
他打制了吃饭的桌子，椅子，梳妆用的镜台
他把它们送给别人。之后
他用几十年的时间
造了一艘船。“我要走出去，这木制的
生活……”他热泪盈眶，准备出一趟远门
然而他的双腿已经僵硬
他战抖着，走到月光下。这次他为自己
制了一副棺材
一年后，他睡在里面
相对他一生制造的无数木具
这是唯一的，专为自己打制
并派上用场的

缺　席

在西大，我乘上
回家的青皮公车
一个男人，让出旁边的位置
他挪开那上面的对象：
一个骨灰坛，盖着黑色绸布
“坐这儿，这儿”
他的声音压低，充满悲伤
右手按在胸前

我迟疑着，坐了下去
占据一个缺席者的位置
如果我起身，走开
虚无的时间会回到那儿
而我一直坐着
跟着这辆青色怪物
过了桥，直到终点站
当我下车，并向后张望：
一排空空的椅子
缺席者再次消失

妇科病房

她刚刚做完子宫切除术
被送到21床
三小时后，她清醒过来：
“它已经完成任务，我再也
用不着了”
这世上最温暖的房子
她失去的那部分
仿佛正被一个黑洞所替代
她的丈夫，一个不苟言笑的男人
拿着水壶去了开水房
后来我下床走动
偶然经过开水房旁边的楼梯口
瞥见那个男人
背对着坐在楼道上抽烟
他的身旁，有一个空泡面盒
里面装满了烟头

强迫症

那个手提两袋垃圾的人
步子飞快
她把它们扔进垃圾桶
“钥匙……”她喊了一声
转身走回垃圾桶旁
两个垃圾袋被逐一打开
露出里面的内容：水果皮，旧牙刷，纸巾
碎瓷片，几个空的易拉罐
她重新扎上它们
这次她走远了
如果她再次转身回来
跟我预想的那样
重复打开那些生活的废弃品
寻找一把旧钥匙
我写下的，将会是这样：
她徒手拆毁了时间
最后将自己缝合

帮　凶

尽管新的楼房看起来
如此美轮美奂
工人们都回家了
留下一堵插满玻璃的院墙
尖锐，突兀地，刺穿暮色
此后每次走过那儿
我都停顿一下，想要翻墙而入
想看看那些被栽种的碎玻璃
能生长出另一些什么

直到有一天
一个人拿着木棒
将上面的尖玻璃，一块一块
狠狠地敲下来
为此我欢呼着
被人认作了帮凶

失眠诗

深夜变得辽阔而不可预知
大地上的一切细小声源
都高举着扩音喇叭
我睁眼默数心中的绵羊
直到它们
消失在世界尽头

幸　好

“你随便说吧，我什么都干过。”
雷蒙德·卡弗，一个普通人
他那双粗糙的手
在阳光下挥舞
并没有被锯木厂的利刃锯断
他来到停车场
在发出霉味的仓库里
搬运，清洗
得到食物和钱
这之后，他回到那个租来的屋子
在餐桌上铺开发黄的稿纸——
哦，谢天谢地，幸好他没有放弃诗

在南宁港空寂的码头

很快，这里将弃置不用
玉米、豆粕和鲜鱼，装运它们的船只将绕路
抵达另一个码头。每天来此等候买鱼的人
去了新的集市。一个搬运工，来自隆安或蒲庙
脸上有沙砾的印迹。他忙着整理行李
脸盆，衣服，吃饭用的锅碗，统统塞进麻袋里
被褥已用麻绳捆好，放在门前的空地上
他最后一次走进屋子，出来时手里多了
一个口盅，一把牙刷
他把它们也塞进麻袋里
之后站着抽了一支烟，抓抓脑袋，想起了什么
朝晾衣绳上，取下那条红色裤衩——
刚才它还在风中，哗啦啦的，旗帜一样飘扬

我们来到此地
既非买鱼的人，亦非搬运工
我们远远地，站着拍照
试图定格这空寂的码头
儿子专心地挖掘沙子，用他的玩具铲
那个挑行李的男人从他身边经过
大声咳嗽着，再没有回头看一眼
这空寂的，最后的码头

环

为了避免在众多的婴儿中被混淆
你出生那天
年轻的护士给你
系上标识：一个柔软的手环
作为这世界的第一份礼物，上面写着
病床号，以及你妈妈的名字

我的无名指上
有一枚普通戒指
它联系着我
和另一个人的一生

在妇科诊室，女医生
拿着一个麻花金属环
她把它置入一个人的身体深处
这冷冰冰的器物
阻止了更多的明天和可能

我的奶奶，终身被
一种看不见的环牵制
直到她进入棺木
变成一堆白骨

父亲深夜来到我家

父亲深夜来到我家，他从中华路带来的
一阵冷风，惊动了客厅里的植物。
“老家在下雪。最后一趟火车晚点，
整整两小时……路上连公交车的鬼影
都看不见……”
他搓着一双大手，上面的老茧一只只豁开口
它们要说些什么？

我要煮一碗热汤面，他阻止了我
“算了，我不饿……”但他管不住自己
肚子里的空气挤来挤去的声音，
它们揭穿了他。他一生都这样，不想给
任何人哪怕儿女添一丁点麻烦。

他站在厨房门口，跟我说土地上的事。
“香蕉卖了，价格贱得像路边的
鬼毛针……”我从墙壁上的影子，看见
他瞳孔里长出荒草，瞬间又倒伏
他坐在餐桌旁，局促地，细数自己一生的
命运，像这片不走运的土地。
父亲，但我怎么能怪你。
我也同样被生活狠扇耳光，
被它那只巨大的手，往嘴里灌满黑色泥浆。

我们该做些什么？假装什么也没发生
置之不理：土地上的亏损、债务，苦难。
梦想熄灭。直到接受这一切，直到——
丢弃那假装的面具、踩碎，
重新穿上鞋子。

迁　徙

他冒着雨，去取一个朋友的遗骨
穿过香蕉林，接着是剑麻，遇到陡坡，爬坡
后来是平地。这是一个人的安生之处
他随身带着镐头和手巾
雨渐渐大了，泥土中的骨灰坛现出具体形状
他小心翼翼捧着它，用手巾擦拭，像对待一个
刚出生的婴儿。骨灰被倒入另一个坛子
他用衣服包裹它，带走了它。那里面装着
另一个人的一生，有些幸福，有些泪渍
现在只是骨气：有一点点重，有一点点轻
他心情复杂，冒着雨下山
穿过剑麻地，还有一片香蕉林
现在他找到了，他认为是他
最适合安眠的地方。第二天，他来到城市
之后的事情，他可以暂时不管

手　铐

K1路进站时，人们
像一群密集的鱼苗
哗啦一声拥上去
我迟疑了一下，落在后面
不得不夹在过道中
这匆忙、拥挤的生活
不得不爱，不得不接受
举起双手，各拽一个吊环
哦，耶稣受难的姿势
座位上，一个坐在妈妈怀里的孩子
仰起头，指着那些晃荡的吊环
突然大声地说：
“看，好多手铐！”
车里一阵哄笑
笑得最大声，笑得溢出了泪花的
是那些手抓吊环的人

他的手使一盆水升温

风知道这一切：支撑好的画架，随意
扔在地上的颜料盒，散乱、未来得及
整理的储物柜，旧日子
他抛掉烟头，首先在画布下方画了一条水源
屋子里立即水声潺潺。他弯下腰
又在画布中央画了一片草原
斜吹着的风，使草们往一个方向倾
他接着又画了一个女人，那女人正好
背对着我们，让人看不见她的脸
这么做并非没有目的：只有他看得见
他眯缝着眼睛，对那背影端详了一会儿
燃掉另一支烟。最后他在画布的右上角
画了一个太阳，屋子里顿时蓬荜生辉
他扔掉画笔，把手浸入一盆水里
他感到盆里的水慢慢升温，上涨，溢出
渐渐淹没了他和他的画室

造型师

从那把椅子上她站起来，旋开一盏镁光灯
“叫我敏敏。”她说。她是一个
年轻的造型师。她要让我回到十五岁的样子
我把自己交给她，像一堵毛坯墙那样
任由她粉刷，修补
她剃掉了我的眉毛：“它们看起来
可真够杂乱。”然后，开始在我的脸上
劳作。她喷雾，扑粉，画好眼线
又将我向上弯的睫毛，夹得更弯
“这儿，鼻梁还不够挺……”
她迅速地刷上一层粉底
后退几步，以便从各角度观察她的作品
“发型太呆板……”她自言自语，口渴了
给自己倒上一杯水，跌在椅子里
然而，我从镜子里看到，不过两小时
另一个人的面具，已穿上我的骨头

丧　事

有一天她咽气了，就在自己的家中
她的六个儿女从各地赶回来，有的悲哀
有的心情复杂，有的脸上
露出一丝不易觉察的喜悦
在她的丧事上，唢呐队吹吹打打
人们说起她的好
说她又老又美，又迂腐
这些议论她的人，坐在她生前坐过的
条凳上，嗑着她夏天种的红瓜子
炉灶里燃起的柴火，是她一个月之前
从大不界山上打回来的
那时她有的是力气
现在，她睡在那个窄窄的木匣子里
看不见说话的人，也听不到这些议论
她神情安详，双手服帖地垂下
身上穿着自己缝制的寿衣
她的小儿子，三十岁，端详着她
在她左手的中指上，那儿
发现一个细小的，缝衣针留下的小洞

有一次

他不顾一切，攀爬在黑黢黢的山岩
林地有蜿蜒的曲线，在秋天的庇护下
显得柔和。他惊讶于这一切：
比平常更为接近的星空
月亮硕大地，悬于头顶
多么凉的风掀动着他
远离人群，所有的渴望消失
月光像两只白鸽子
落在他的肩上
面对山林，他想大声呼唤——
除了这一切，再也没有别的
能使他心动。然而
他站在巅峰，喊得喉咙快要破裂了
但是群山仍静止

最后一块长蒿草的土地

风从遥远的大海那边吹过来
越野车从早晨开始出发，走到尽头
已近黄昏。仿佛时光过去了一个世纪
一张油亮，密实的蜘蛛网
爬上蒙尘的后视镜

仍然没有消失……最后一块长蒿草的土地
坟包一个接一个地，鼓起在暮色中
透过房间砖墙上的洞口
望出去，香蕉树流出白色浓浆
这大地所赠，黑夜为之伤痛的乳汁
返回并不明智。荒地里磷火虚弱地跳跃
那儿沉睡着一个个古老又陌生的灵魂
我们停止拥抱，坐下凝望
在他们方形的房子上方
谈论他们曾种下的蔬果，土地上的劳作
以及涨潮的大海带来的空气中的咸味

那是农夫们在夜晚的灌溉白色圆顶的水塔像教堂似的
矗立在道路旁。当我们经过
听见水声在水塔中响起
什么也没改变，过去的时代并没有

过多参与我们的生活。除了
我们从叶缝中仰望星空的时候
视线稍微改变了方向

火车停在广州东站

凌晨五点，火车不再吞进火焰
它把我吐出来，像吐一个烟头那样
随意地，吐在这个城市的站台上
我观察这个陌生的地方：
肯德基餐厅。地下通道。路牌。
没有完全苏醒的树木。巴士站。地铁。
匆忙赶下一趟火车的人们。和我搭讪的
陌生人。酒店。行李箱。清洁工。垃圾桶。

我等着拂晓，等着第一缕阳光
我只剩下了海绵
过滤的那部分
我把所有有毒气体
都挡在自己的肺部，是为了
让你清新地去爱

奶　奶

她是被风吹老的
牙齿一颗一颗，掉落在秋天的泥地上
却不发芽。她猫着腰睡觉的样子
多么像是一张蓄势待发
但丢失了箭的弓
她无力起身，说话语无伦次。“你是微微。
聋子做的豆腐花好吃。你是那个
三十岁死了男人的寡婆子吗？”
脑子仿佛麻绳缠绕，如此
混乱，无法认出她的亲人
深冬的窗户敞开着
风呼呼地灌进来。“你看，死了的人在哭，
来找我了。”她端着海碗吃面
张着空洞的嘴咀嚼，鼻子眉毛上
沾满浓稠的面汤。饥饿似乎无足轻重
吃和睡成为，必需的形式
她计较生死，喜欢彻夜开着灯
“我怕黑，怕那边的人，提前来接我……”
矜持是很久远年代的事情
我的父亲，正为她烘烤着尿湿的棉被
“谁在我床上泼水？我生好火，
你们这些瞎眼人，又弄熄了它……”
她试图还原破碎的记忆，想要借助生命里

最后一点力量，踩在她曾踩过的土地上
她用力地甩了甩脑袋，这使我相信
她又恢复了神采奕奕
当我搀着她，她转过身来看我
“你是那个种桂花树的人，记着
给我留着花粉好酿蜜。”

“已经到了，危险的程度……”

我们无法从他的声音，听出悲喜
夏天那么容易到来
他在稿纸上不停地画绳索
手指快要僵硬了。他精疲力竭
倒在角落里，听到他的影子
大声地，对他说起那黑色情人节
他用沾满颜料的手，捂紧耳朵，
好让那些声音渐渐压低
消失，像落日那样
滑入夜晚。“已经到了，危险的程度……”
他的影子说。他把头埋入臂弯
想起他曾爱过的那些女子，个个笑靥如花
他其实更喜欢她们
有那么一点点忧郁。不必像绳索
勒紧他的呼吸。“还可以是闪电，或者海洋，
更热烈、更宽广的事物……”
他为自己的想法感到可笑
当他活动自己的手脚
然而黄昏像个立体柜
将他卡在柜门里
既不锁上，亦不打开

上尧码头

有一次，我路过那儿
悄无声息的码头。时间尚早
低矮的电线杂乱地横在空中
那上面晾着男人的T恤，裤衩，糟糕的生活
如果有人从那堵墙的后面走出来
在这个早晨，突兀地
出现在空空的码头
我会像只驯鹿那样跃入曙光
但是没有人，除了几只麻雀的到来
它们衔走清晨的一部分
又迅速飞过江面

我曾以为那是双月湾的海岸线
但是我错了，阳光的阴影追逐着我
从天空垂下的巨大花冠
罩在我的头顶，让人窒息

春天，一大群蚂蚁聚在草地上

在召开一个重大会议。一开始
它们激烈地讨论，众多的腿代替手
举在空中，争取发言的机会
它们各执己见，似乎谁也
说服不了谁
渐渐地，会场开始骚动
蚂蚁们纷纷站起来，有两只
甚至穿越会场
面对面，甩着大脑袋
用我听不懂的语言，用我
听不到的声音
粗鲁地喊着什么
就这样，我看着它们
无声地争辩，直到它们的会议
解散，一只只跨过小沟，各自
奔往自己的去处。我想起一个
频繁穿梭于南城的人
蚂蚁一样，总喜欢
用生活之外的语言，跟我
打哑谜，押注我的命运
将我推至这个春天。这个下午
一大群蚂蚁聚在草地上，聚在我
乱麻一般的生活里

开了一个我不知情的会议
这让我看起来更加孤单，可疑
像个怪物，站在春天的暮色中

粗糙的判断

一个孩子抱着另一个孩子。在新鲜的
稻草垛后面。一个悄然死去，手心仍然有温度
一个熟睡着进入自己的心脏，他的脸埋在
风雪帽檐里，潮且黑
两个孩子（看起来都像是，死的）紧紧倚着
草垛子，从草尖上垂下来的，又长又尖的冰
正好对准他们的喉咙——

那喉咙已停止歌唱。现在，他们的嘴唇变成了
紫色的，但并不像
紫罗兰的，紫。并不像是

这一切连接着世界：一个通入大地的
永久性睡眠，啊，他自己也不知道
死去，渐渐等着僵硬
另一个双脚被地心吸附于此，他暂时可以
再次醒来，观望那消缺了希求的尘世
确实是。它们不久将变成同一种方式，同一种

空缺之诗

雨水、沼泽和水草，渐渐取代我们的膝盖
我们想起某桩往事并亲自
到那儿践行：将突兀的岩石扔进密林中空缺
的洼地，用土块填平
然后我们隔着土，使劲踩那岩石的
喉结。其中一人脱掉帽子，盖在岩石曾经
矗立的地方，退至一旁。仿佛
他是在举行一场葬礼，为我们浅薄的婆娑
葬了多余的枝蔓。剩下一抔土，需要自己盖上
还得花费时日与精力。我们走动，脸庞因为
缺水而浮肿。太阳如同搬运工
将五个人的阴影，从那儿搬到这儿
但我们毫无知觉

只差一步

那是一道闪电的开始。阳光的移动
刚好制造了一片
槐树阴影。跳探戈的女人
双脚钉在大地上
她表情严肃，仿佛另一个人贴紧她的脸
追逐、躲藏、踢腿、腾跃、270度旋转——
她搂着一个不存在的舞伴

在一个断音处，她突然停顿。她是一幅剪影
是未完成的雕塑。望着空荡的前方
似乎在等待下一段旋律
或者未出现的人
她深吸一口气
我听见黄昏咔嗒一声，将她关入太阳背面
舞曲仍在循环播放：只差一步
只差一步。尚嫌不够。永远是这样

状　况

万物置我于世上。教我忍耐和前行
万物置我于群山之巅。教我孤单，停顿
万物置我于陌生的风景，教我欣喜
万物置我于落日下。哦，天空低垂
它占领杂草丛生的土地；犹如躯体
长年累月，为我的灵魂所租用
秋天的鸟雀跑到山的背面
不久将传来消息：它们啄去巢穴——
那停放我将来作为尸体的地方

梭罗乐意邀我去湖边耗散时光

梭罗在湖边建好了小木屋，他从康科德镇
发来电报
问我是否愿意
离开城市去湖边，像他一样——
渔猎，耕种，漫游与沉思

他有一颗自由的心。有犁铧，捕鱼器和
湖光山色。整个瓦尔登湖是他的，天地是他的
也是我的，他邀请的客人的

冬天他在炉子里生火，烤面包
凿开冰面钓狗鱼。玉米地里摘来马齿苋
梭罗内心有只土拨鼠，从田间
蹿到地头。蹿到某个寒凉的早晨
他的桌子上。他读一本《伊利亚特》
翻到第三页，雾就会从林子里奔出来
只为他一人拂水袖

他做一本简朴生活的明细账：
心获得全部。全部的
我想了想，便在一首诗里
计划好了行程：从南宁到马萨诸塞州，到
康科德镇，到瓦尔登湖。只需四秒钟

给我四秒钟的行程，我便是
天与地的素心人。作为回报
我想给梭罗带去尘埃
相对于喧嚣之外的世界，尘埃是我唯一的礼物
我还将带上我自己，这么沉，这么暗
给大地一丝阴影。啊，大地需要这些

今天是安静的

鸽子从广场起飞，时光是安静的
它们衔着地上的面包屑，面包屑是安静的
它们经过我，落在我肩上，啄我发
今天所有聒噪的人，都压低了声音，是可亲的

我没有死，在一大片雏菊当中
我活了过来，今天，它们是安静的
还有更多的事物，我平常忽略了的，原来它们
一一都在我身边，在午后，寒冷的空气里
它们成全过我的繁盛，衰落，今天更是如此

土地有它自己的脾气

土地有它自己的脾气
有时，它为我们生长出稻秫，甜而多汁的果子
有时它只长出荒草和荆棘
它长出无用的三角刺随风摇摆的野麦子
它长出江河流经一个又一个村庄
它为我长出了你
那些死去的因此又一次活过来，重新生长

辑二：不合时宜

反　面

那是个诗人。他们说，但她不喜欢交谈
她避开各种形状的镜子，水泊，大理石，一切
反光的地方。它们映照或遮蔽大地的秘密
相对于判断，显得力不从心
她穿着平跟鞋赶路，像一阵稍纵即逝的风
但在穿衣镜的反面，她遇见了
荒草般的自己，她甩一甩脑袋
第二天去了理发厅
在那面光洁的圆镜前
她紧闭双眼，让造型师把她的头发
弄成了蛋卷状。隐约，她听见
蛋壳碎裂的声音

她踩着那些碎片，上了204路公交车
一只手抓住铁环，在发酵的人群中
昏昏欲睡，错过了站
当她抬头，黑色窗玻璃上映出法令纹
多么深的时间的沟壑，紧攥住她的额头
对此她并不介意。扭过头，下车
泵入下午的热浪，带着
她的新发型

回到小学校园

黄土的操场变成了水泥地
二十年前的那棵石榴树还在
我在它身上刻的字不见了，这些年被雨水冲掉了吗
被光阴抹掉了吗
那间破教室也不见了
那些缺胳膊少腿的桌椅，我浇过水的海棠花
那块笨重的铁，上下课都需要它
发出沉闷声音的铁
那块写满了字的黑板，我被罚站过，领过奖状的讲台
哦，全都不见了
教过我的老师，一个离开了人世
两个调到了镇上，剩下一个，头发花白
戴着老花镜，但他还是一眼
就认出了我

银河之夜

我也有一条铁道，通往银河
它铺在白云上，冷冰冰的，比彩虹还动人

那天凌晨，我生下一个孩子
他清脆的哭声像是从月亮里传来
他有银河系一切肃穆的美和悠远

他游荡在我黑夜的铁道上。没有一辆列车
沿途到处都是，紫色闪光的龙胆花

大不界山

雨走了。那唯一通往山上的
路，消失于常年累积的松针
湿气渐重。阳光不能抵达于此
一个人走近。身体在山中
心在六十年前的黄昏。两个年轻人
一个绿，一个白
均离经叛道，隐于丛林中
而风起伏。风有一张
散播桃花之秘闻的嘴巴

有人从此处经过。樵夫装扮，青衣白头巾
世俗不会闲逛到这里。世俗有一个
散乱的根系：庞大，可恨，可鄙
可诅咒。可以刻骨铭心

几年后，一个小小少年，唇红齿白
空着手到来。他不知道此处
有爱凝固。是两个亲人的。与他有关的
此处又叫作——大不该，是世俗的名
与他无关。与他有关的，是大不界
界，永无界限的界

真　相

她因为一个特别的人
而哭。她并不认识他。他是一个
没有明年的人

他坐在她门前的石阶上，隔着门
对她说起过去。他说他的大脑
是黑白的，但并不
缺少爱。他有一只怀抱草木的手
一头棕色的熊静卧在他身旁
像是他离散多年的弟兄
那么忧郁，明亮

他说风啊总是在吹，时光让他
暂时富有而摸不清方向
他在墙上画她和她的故乡：
眉毛、眼睛、松树林、秋天和坠落——
他是一个，没有明年的人

他说嗯，我相信
他手上的烟熄灭。隔着墙
他内心有一万朵油菜花在怒放
金黄，盛大，无边有际

他走向那儿并迷失于其中
关于这一切，她毫不知情——
你是知道的，她善于虚构

清　晨

这个清晨显出宽广的宁静

葡萄架在风中扇动着叶片，果实已被收走
三只麻雀，各占据一根电线。偶尔
它们起飞，或停落。有时经过我的心空
我想念那块石头，躺在路中央
晶莹，来历不明

我怎能哭泣，面对这个清晨宽广的宁静
缓慢走动，阳台上吹着风
我的孩子，脸上挂着昨晚的泪痕
他的小手、一小片饥饿
停在我的乳房，尚未醒来

青麻地

爷爷陷在藤椅里。被酒蜇过的
嘴唇，还在发紫，抖动。
他看远处的山
叫我：乔，打瓢凉水
我远远地站在他背后。他的身后
是一片青麻地，我的心
落在那儿，不止一次

我站在千里外的南宁
听见他唤我的小名
一样不知道自己
身后有多么辽阔

上了年纪的姑姑，行动越来越
像奶奶。她正拆洗一床被褥
听见喊声，向后望去：
哦，只有一片青麻地，在风中
哗啦啦响。爷爷已经熟睡
不再叫我，乔

搬　离

他们搬走了你的桌子、口盅和文件
水养的绿萝也被倒掉水
装进一个塑料袋里，连同那个背电脑的
工人一起离开。你看着这间腾空的办公室
不知该说点儿什么。下午的阳光
从后窗爬进来。满是灰尘的地面
被照亮。你竟然与这些尘土
相安无事地共存多年而尚无察觉
在秩序的上面。它们被太多东西遮蔽，直到有一天
无辜地显露在阳光下。你将抛弃它们
到一个新的地方，继续耗费你的光阴，激情
血质的孤独。你需要这样。你的可爱的同事
在对面新装修的大楼走廊上
笑着向你招手。你关上窗，但没能
关住阳光。帘子已被拆走
像每一次的搬迁，你抱着你的物件
最后看一眼那个有你气息的地方
走出去，反锁好这道门
钥匙交给另外的人，或丢掉

我有一列火车

不，就让它这样开下去
开到你想要去的每个地方。永远
不要停。它带动的每一阵风
它哐哐哐的每一声喘息
都要固执地抵达你，你的
清晨和夜晚。是的，我有一列火车
它不会拐弯，不会闹脾气
它会陪着你一起年轻、衰老
它就这样往前开，开着开着
就会慢下来。它身上的油漆
一片一片脱落，变得
连你也认不出它来。它身上的零件
也一件一件锈蚀，松动，直到它
再也发不动时间的马达
那时，你会不会在
某个荒野的小站旁
开个修车铺，门上写着：
修理各种车辆，包括火车

然 而

陷在凌晨的腋下；马匹站着酣睡
那洗盘子的女人，有湿漉漉的手和孤独
她听见盘子碎裂，时间的胎位移动
我们头朝下，星空广阔，在下
当她抑制不住猜想这些时，她的脸部绯红
她想用故乡的语言去纠正那些本地马
可倒春寒使喉腔冷却
昆虫们集体在清明前噤声
所有的夜晚都集中到这儿
然而她还嫌不够多。桃树已经结出桃子
等到五月，人类把它们摘走，鸟雀会不够吃
不是没有可能，打开山中屋宇
东方的鱼肚白会蹿进来，长住
尽管蝙蝠像个黑色的文件夹，倒挂着合拢它
然而只过了一刻，她便倒头睡去，在
未洗完盘子的长凳旁

静静伫立

这被太阳烤热的土地。蓬勃生长的水稻，刺槐
我们爱过，在它上面劳作过。有时，我们
为一阵偶然吹来的风奔跑。沿着河岸
那儿吹来金银花盛开的香气
一座生锈的铁桥
通往镇上。在果园的木栅栏后
怀孕的女人静静伫立，脸上带着一种虔诚和
圣洁的光。
她看远山，看远处的田野，眼神迷离
仿佛这一切，都将与她体内的相遇。
风悄无声息地回到河岸；它将不会远去

雕　像

他张开的手臂有遥远的、未知的、无限延伸的
急切言说而又哑默的空间——
一个无法收回的姿势。在静止中，一切
肃穆的时空里。有人轻轻哭泣，或扼腕叹息
在他的周围，那儿，粉尘飘浮
而我们止看到：
一座不可侵蚀的雕像，从他的身体里
犹如大理石一般。哦，他刚刚完成了自己
内心从容。午后的影子偏移了一处残垣
他立在原地。在他的手臂下
栖息着四个孩子的光阴。大地
正收拢它自己的一个补丁

我头发散着热

我要挽着你的手，在路灯下散步
像两个久别重逢的老朋友。走向过去的
阴影，时间的另一个角落里
但我只是远远地跟随着你
靠近你的影子就像拥抱了你。有些坚硬的
事物横亘在我们中间
使我恼怒，沮丧，浑身散着热
我头发散着热，我手心散着热
我目光散着热，我骨头散着热
我的灵魂，它哭着，散着热
如果这些热，还不足以驱散生活的凉
如果这些热，还不足以烘烤世俗的森林
那么爱本身该受诅咒！
它的坚持，往返，痛楚
它的处心积虑和落寞
它固执、不为人知的愿望
被两股夜晚的风
来回拖曳着灵魂和躯体
我听到你，就在这儿
就在这儿，变成一颗尖锐的刺
被缝进记忆，被缝入
我的面孔。哦，这些失语的咖啡因
这梦呓般的话语
很快将成为我们宿命的一部分

南方来信：问题

乌鸦退回到夜晚，栖于枝上
成为黑夜的一部分
黑夜会因此
增添一些厚度吗？

灰色的土拨鼠，深藏在泥洞
与大地连成一体
大地会因此
高出海洋一点点吗？

十二月萧索的风，灌入山口
山口鼓满鹤唳之声
石崖会因此
满溢而爆裂吗？

墙壁嵌入镜子，静静地
与时间站在一起
镜子会因此
失重而倾斜，而连着旷野吗？

一个人，走在道路上
身影越来越小，很快
消失于人群，没有踪迹

复活之歌

多么奇怪的早晨，天光一点一点散开
你在冰冷的小床上昏睡
不知魏晋，仿佛时光不是你的
你拍那不知道什么人洗过的白色床单
寻找你自己。“Y，我要抱紧你，
直到月光升起。你看墙角有只小手的影子
在招呼我过去。你看不见它
它在跳荡。朝我们笑。”
四月像狗一样叼走了你的欢乐
你爱着一些人
他们心中并不缺乏火焰
但是像铁轨一般冷
你了解那些病态的心
跟你现在一样，需要宽恕，怜悯
于是你熄灭了这一切
“我们靠海而居，在春天相亲相爱
生一群孩子，在夕阳下奔跑。Y，只有你
知道我是个理想主义者。”
有时你不在那里，也不在这里
有人看见你在枝头跳孤独的裸体舞
灵魂不喜欢穿衣服
你怕它充满鱼腥草的味道，而不懂得去爱
“他们踩着光阴去挂祖，手持兰草为我的

亡灵念悼文。现在我唯有肉体
可以与你对话。这沉重的骨架
因为一场濡湿大地的雨水，在虚幻里
又活了过来，站起来，亲吻你。”

南方信札：火车

我用尽一生的力气
跟着火车艰难爬坡
穿过流水，初冬的薄暮
火焰似的松红梅，烙红了铁轨
穿过隧道，喉咙里呛出烟尘

火车在经过黎塘一畦田垄时
一个给菜地浇水的男人，很突兀地
闯入冬天的长镜头
我看清了他的样子
微胖，眉头紧蹙，一身黑绒大衣
多么像是你的父亲，被这趟火车
甩在身后，再也看不见

孤独的罂粟从我的额头盛开
梦里他也曾是我的父亲
为我的婚礼打制过嫁妆的父亲
喝过我亲手端上的香茶的父亲
可现在他只是个陌生人
他是别人的父亲

我还见过一个明亮的孩子
沿着河岸奔跑

二十年前的你向我跑过来
他嘟着两片淘气的嘴唇
他有松针上雾霭的笑容
转身他就变成一棵挺拔的白杨
在云朵上生长

我预支的泪水，落下了一滴
那些下雨的日子你摸着石头
过了河，你的父亲去了哪里
你在门外哭了吗

我想一想那久远的画面
看见了车窗上的自己
眼睛里停着灰烬和荒凉
我想在太阳升起之前到达你那儿
傻瓜一样拥抱你紧紧地拥抱你
我坐在这趟开往莞城的冬天的火车上
不想伤害谁，身上却沾满了太阳留下的
斑驳花纹，这带刺的光阴
盛大得如此晃眼

南方信札：隔阂

这场雨不会很快就停下。你看，多年前的
某个早晨，它们就一直在下
一直有响雷声。尽管它们躲在远远的地方
但还是被人们听到了
天空无法掐住它们的喉咙
你趿着那种有葵花图案的塑料鞋
站在屋檐下，想到大地上一切可利用的容器
都用来装这些没完没了的雨水
还有可能不够用
的确是这样，我的判断有时简直是一堵毋庸
置疑插满玻璃的墙壁
对不起，我只有拾青枣的篮子
不能积攒供你明年发芽返绿的雨水
你不必愤怒，不必假装内心交通顺畅
不如蹚水去垂钓
安安静静，披上蓑衣
与其临渊羡鱼，缘木求鱼
不如浑水中摸鱼，煎鱼下酒
咳，其实我不想这么说
你诱导我提前下了结论。你看这天气
适合去喝酒，去狂欢，可我们什么也做不了
低下头潜心研究脸谱艺术
冥想，做手指操，做一顿胡萝卜炒面。这些

够不够用来消耗漫长的假期?
这些年我总是站在一场梦境的洪水中
看着你流泪，门前的柴禾变得潮湿
我已经麻木。昨天刮起穿堂风
多么冷，多么深的隔阂安插在秘密的命运中
没有参照物可以学习
自言自语，掀起沉寂的风暴
我难受得在秋天打滚，写颠三倒四的句子
每一块骨骼都感应到季节的交替
“记得晚餐时为我备一副碗筷，我在异乡的
灵魂会感到饥饿和燥热。要有一碗
薄荷汤去镇压它们。”你说到这些
旧房子已被荒草遮盖
它们的生长加速了岁月的苍老，使我的诗句变得迟疑

南方信札:“并不是这样……”

也不是痛彻心扉。真的
是想象的力量超过了呈现
让你陷在他人的时代
你筑篱笆，摘来黄的红的白的野菊花
用小火煨药，想到别的事物，它们抚慰了你
这未尝不是好的
你走神，在别处遭遇幸福、欢乐或苦痛
意淫的时光，纵使生出翅膀
也无法在辽阔的天空里飞
这些都是虚拟的。走上旧阁楼
你也变成一件旧事物
你扫案上尘土，用狼毫笔写旧体字
认为它们还不错，还可以像是
停在你心脏的一团暗影，可以表达你
不同于众人的情感。有时，你把视线
停在某一处，那儿
有你抹不去的盲点
整个世界都变成了相同的
你所爱之人，正在别处的土地
歌唱和劳作——那看起来也像是你
你擦拭所有的门
每一扇后面，都有一双手，为你拔去门闩
都有你的悲伤在无限扩散，仿佛涟漪

你拨不知什么人的电话，但无人接听
时间是死寂的
你写一封语无伦次的信
信上说到四月花开——
“你看，这些花开得多么明亮
不会使人想到花圈，世界末日因此
而减缓它的来临。”

不合时宜

洒水车穿上它们的白色油漆
已经去了西城或更远的石埠奶场
远雷带来一场不合时宜的雨
它们的懊恼就是我的懊恼
在我待过的一个简陋的办公室里
旧空调滴下的水滴，弄脏了褐色木地板
我失手碰翻一只咖啡杯，它完整但流出寒湿黑地上种植的黑茶所浸泡的暖汁液
我在诗会现场走神。喝少量的葡萄酒。并没有
朗诵自己的诗。当我念出句子
声音改变了一首诗的初衷
当我们置身某地，从未觉得贴近那儿
坐在椅子上，手臂和腿是空中垂下的四棵吊兰
这是星期天。以及更久的某一天。
“胡桃里”酒吧。诗歌和摇滚拥有同样迷人的气质
白衣主厨用意大利语唱的《桑塔·露琪亚》
声线跟他的美食一样美和宽广
酒吧外面，大雨刚洗过一座城
从巷子另一头吹来傍晚的凉风
你看到时将是过去发生的事

一个法国乡间小镇

兰斯昆尼特在飞雪。异乡客薇安娜
携带巧克力秘方和女儿，逆风走在
通往陌生小镇的路上。她往前方望了望

他们的教堂尖顶严肃而冰冷，伯爵先生
穿着黑色大衣，坐在案前
不苟言笑。而从北刮过来的一阵歪风
把他的门吹开。他关上了门
风依然从各扇窗户，吹进小镇
人们走在风中，感到它的甜
和辣，它的宽容

拒绝一些看似坚固的东西，要比抗拒
一场风要困难得多。抗拒一块巧克力
一个陈旧的小镇，有它的松懈
它使一艘流浪的船停下来。让人们开窗
雨中的石雕走下基座，有了温度

在黄昏写一封信

不说话的钢笔躺在抽屉，我翻箱倒柜
要让它开口。让它喝足墨水，碳素的
让它用N种字体说话，抒的情，也是碳素的
说完了，就寄出去，收信人是一个
住在南城的人，也有可能就是
我的双胞胎姐妹，我从来都分不清
好了，现在用狂草或少儿体，说一说
理想主义和自由主义，说一说这些年
我的偏激，认真，辽阔，自大
居无定所。写一写我在江水中的倒影
水波将我弄皱，又重新将我抚平
用行楷或隶书，说一说我的恍惚，懒散
光线不足的屋子，堆在墙角，日益烦躁的书籍
说一说我从马背上摔下，正午的太阳将黄沙
晒得滚烫，褪下我的马靴
所有的光都是亲切的黄土颜色
说一说这个黄昏，夕阳偏西，它一点儿也没有
惆怅的样子。我看着它，落下去了
我也慢慢，将信笺翻到第三页，剩下的
将是路灯次第亮起，天上星星会被它掩盖
实在没有什么好说的，今天这碳素的
抒情，好像还没开始
明天再说吧

像落日。烧着了我的手

来不及清扫。这所屋子
砌在我的肉里
桌椅板凳摆得毫无规则，它们有
善良的眉眼。一张木质的床，供灵魂休息
如果你仰头，还会看到一丛迷迭香
盛开在窗帘上，散散的，郁郁的
它们的香气，它们的神情，全都保持着
你到来时的样子

而我被落日烧着了手。无力搬动月光
缀补这所破旧的屋子
我居住其中，浅尝辄止
吵着，闹着，拒绝敷药
我的诗句也因此
有一股焦煳的味道。而我希望它
微苦，具有芥菜的品性
我不介意它的疼，它需要糖
来掩饰。这些年
我没有别的嗜好，唯独热爱，你的墓志铭
那么沉，那么烫，那么
扎人

像落日。烧着了
我的手

我的河流

我走到我的河流边上。我坐下来。
我走了很长的路，从冬天就开始了
我坐下来。终于到达我的河流边上

我的河流想了想，要把水抽干。我的河流说
它裸露的河床，比什么都美，都深沉
它装下的蛙声，比大海宽广和汹涌
我笑了又笑，沉默着听它说，直到我
疲倦地睡去

我的河流没有准时叫醒我。在次日日出时刻
这一天，没有人出售抽水机，并没有

远远的雷声

草场在塌陷。在滚动的乌云下。带来闪电
带来风。草场有它的
深和远。她的美被吸附于此。她双手放在
小腹上，鼻尖有汗珠。她仰躺
天空也跟着仰躺
她想听一些声音。天空就远远地
制造一些声音
她躺在一幅油画里

我还能看到什么呢？时间。裂缝。天空
远远的雷声和她
心里的静。多年前我就这么站着，看她
我看着她，我的美就轻易消逝
我还能看到什么呢？我内心的轻
速度大于这消逝

在屯放屯听韦大婶算数

在屯放屯，养大两头生猪
需要以下成本：
买乳猪700元
买猪饲料1500元
买米糠90元
自家种的玉米棒算100元
养猪工人是自己，免工钱

半年后生猪出栏，卖得3200元
除去成本，净赚810元
添了一床新被子，花去70元
60元给孙子买牛奶
剩下680元，留着来年
买乳猪

韦大婶的壮语我没听懂
她一直在笑
她的儿媳妇抱着孩子
给我们翻译时
脸红得像
花果山上的金樱子

初　雪

这一天，水井沉寂，有脚印出现
雪白，怀揣心事
我们需要粗大的绳索，勒紧箍桶
把干净的水和二月打捞
升起炊烟。可以是春天，可以
是一棵梆芒草。它足以让我们
远离寒冷。把手搓热，在冻草垛子下
等一场更大的雪。然后回家

绿　萝

一个秋天过去了。那株绿萝
在民族大道的草圃里，不为人知地
绿。素朴，不苛求阳光
不合群。多么像我，也曾经
不为人知地生长。我拥有过天空
自由和广阔。我本应该飞
可是那些山坡，有沉重的根蒂
它们留下我。像留下一株绿萝
在岁月里，悄无声息。睡去，听天籁
醒来，喝雨露
我不再需要飞翔了，我有轻盈的心
像现在，我发现了它，一株绿萝。我有
小小的欢愉。因为
它和我一样

头发的事

它的事就是你的事。一个人拽着黑夜
索要隐私，落下来许多
患病的黑蝙蝠。如果是拽着
一个人的黑头发，及臀的黑头发
索要逝去的时光　美貌　未来得及
整理打包的小忧伤
落下来的，就尽是些
人间的事。欲望的事。DNA的事
一生和半日的事。比想象
更重要的事。遗忘的事
空荡荡的事
比黑头发，黑得
更深的事

滞留的时光

整个夏天她闲坐在一张稿纸的边沿
无心阅读，也无心睡眠
她嗑着瓜子，在黑暗的角落
一根一根数自己身上的肋骨
她偶尔出去走走
和空气和阳光打声招呼
当她走在街上
感觉自己的身体下沉时
便停下来，抬头，看对面的大厦
哦，这是哪一天的早晨
风中握不住一粒米黄色药片
她恓惶得像只猫，加快步子往前走
于是，她听到布袋里的矿泉水
发出哐啷哐啷的声音
那个声音让她想起自己的身世

卡巴斯基，卡巴斯基

卡巴斯基
卡巴斯基

多么抑扬顿挫
从你口里说出的

它真是个反病毒英雄
一个上午
替我检测出1750个特洛伊木马

卡巴斯基
卡巴斯基
真有英雄的气度
它通过远程监控
问我：如何处理?

我一筹莫展
我的卡巴斯基一筹莫展
这个下午，我的文字瘫痪
连思维也是

既　然

“既然我用迈向天堂之歌来呼唤你，那就让我们在天堂相遇。”

——但丁

我们已经到达。这寂静。这大地因为
绝望而塌陷的伤口。而你已经
停止想望。就要够着了
生命里的细线，它曾在某个时刻
唱出轻柔的歌。有时，你听着歌声
看见落日渗进你的身体。突然你用一根
手指的力量捉住了它。那是昨天
5月19日10时。164个小时的等待
你再次听到那歌声
就是那个声音，在微弱地呼唤你
在拽着你的手臂。那被石头啃过的
有远古和忧郁的色彩
它引领你往天堂的方向疾走

像孩子一样自由

请让我走出人群
走到时间的对面和
一个人的阴影里去

我要努力学会走路和说话
在晴朗的日子练习微笑
然后学着奔跑和跳
让你爱我

我只知道那个孩子　她带着小小的
忧郁和倔强　住在我的体内
二十五年了
为什么没有一个人告诉我
说这就是你
说“我将收下你，像收下我的一个丢失”
然后，然后我们才可以坐下来
谈论简单的幸福
和像孩子一样的自由

多么静的夜晚我在此

看见夕阳忽然变得感性
像裹着鲜红婴儿的子宫
吃力地挪动身体，滑下树丛，落入峡谷
我的心也落下去了
它会发出嘭的一声吗
它会有巨大的疼痛吗
我感到沉重是隐忍的美
这陌生之地的每一处风景
都让我想变成一棵水草
在这片土地呼风唤雨，生长，并死在这儿

法国式的白色旅馆多么安静
我等着风运来星辰
运来红酒和月光
而星辰寂寥，朔月不现
整夜整夜，我拥有十万座山峰上秋虫的吟唱
我把窗子打开
等着那些歌声带来我的故乡
等着我所深沉爱着的
来到我的屋子安睡

短歌 I

我去跟死神会合
白色墙壁的房子
有只小兽要出远门
我去给它送行
请一切活着的，死去的人
和事物，为它让出一条狭窄的道
请让一让，有只小兽它要
出趟远门，和我的心一起

短歌 II

万物在春天发芽，生长和抽穗，也在春天生病
春天里有叶落，腐烂
春天隐蔽着尘世
春天啊，多么虚弱的力量在呈现
枯朽枝丫上开出花朵

短歌III

在一朵不祥的云中卸下马鞍
卸下它沾染的尘土
“带血的白色小肉团，上面落满泪水”
天气阴霾。有人在暗地恸哭
哭尘世的苦和命运
天空并不因此而弯曲

辑三：她弯着腰，度过了她肉体的一生

一　度

一度，纵使那尖锐的仰角带来左门之疼
和一只渡河的狮子，转身形成铁锈堆积的
钝角。甚至黑黢黢的山冈，作为填补我们
生命中看似缺席和坠毁的
那部分；一度，仅仅将虚妄所剩有的
献给岩石或木本
沿着群山，我们相对而立
夜晚一度在你我之间逡巡，欲言又止

孝　歌

整整三夜，我们守在灵柩旁，稻草编织的蒲团
收留了我们的膝盖。
子夜，因为死亡使空气变冷，孝歌队开始
敲响羊皮鼓。他们用清朗的声音
唱祖父的美德，唱到第一颗星辰升起
而星辰忽略了我们。我们，带着不知是悲是愁的面容
占据着堂屋的角落，眼睛盯着屋外一只
拒绝光的黑猫，盯着它的利爪穿过黑暗时
在稀薄米糠上留下的印迹。
我们一只脚踩在明亮中，一只停在
暗处，以便牵引魂灵进入光
以便光不能所到之处，夜晚最接近黑的颜色
我们在黄昏为棺木合拢时
敲紧的五声钉，现在它牢固地站在
两截木头里，凝望着沉睡的祖父——
他看起来柔和，可亲，仿佛没人知道他的生前：
一个暴躁的与酒为伴的老头儿——
他再也不能发怒

渐渐地，夜晚被撕裂一条缝隙
晓光开始从布帘子里漏进来
送葬的人群身上的白布，将道路映得苍白
而奏起哀歌的唢呐队已到达山顶

那儿，一罐老酒被置入坟墓，人们覆土，覆土

在那垒起的坟冢堆下，祖父掀开棺材盖
正伸手取那泥色的酒罐

共有的方式

方言只会使她孤独而非孤立，在
那裹着印花头巾的瑶寨。她来到时他们
正说着某事的来龙去脉。她侧着耳朵倾听，
但并不懂得其中含义（除了某些音节的碰撞，
犹如铁在铁器时代，发出的兴奋尖叫）
她假装听懂并露出微笑，以此应和
那火炉里因为燃烧，而噼啪作响的木炭
她的脖子雪白，人们用青瓷碗舀出箍桶里的
烧酒，灌入她的血管。他们把她变成了
晚霞般的颜色。她靠着一张八仙桌，将要
睡去。他们继续用铁碰撞着铁的声音谈话
从坛子里倒出腌肉、霉豆腐，倒出低低的吼叫

整个冬天，她走在热情的烟火与冻土上
但是再往后，到了春天，她便从这儿撤离
人们看着她从酒罐中间穿过去
于是堂屋中刮起了一阵东南风

凌晨两三点

我们走动。像个梦游者那样。像
弃置已久的，旧水井

无人来汲取

无人。青井台上的草遮蔽了世界
如果时间是为
一个慈悲准备的

无人能敌。夜再一次
拱手相让

出　塞

出了雁门关。天空是昏黄的，风沙是天空的
美人骑马去大漠的尖上。去大雨击溃
尘埃时，甩出的热浪上。美人在喘气
美人说，王。
她艳若桃花的脸。她宽大的袍。藏着
双峰。马蹄蹬黄沙，蹬碎斜阳
长安十万八千里，渐行渐远

美人望中原，时光是后退的。美人往北望
明日有它的响动。美人长叹一声
低头，故国的落日就落到了塞外
它是新的。它有一切
咸湿的甜

穿　行

在大地的空间里。房子孤独地穿行
你曾经扶过的廊柱。依旧涂红漆
刻大朵的牡丹。窗户开着，你看见水上
浮动草叶。椭圆，细长的
朝一个方向仰躺。记不清从哪一天起
时间消失了。房子叙述着黑夜
偶尔，你侧耳倾听。带上牙齿的光芒
进行一次长时间的呼吸。哦，急促的敲击声！
从地面伸过来的一双手
现在，他把你带回人间
你看见激动的人群和阳光
关于死亡，你想得太多
现在，它丢失了你，自己走远了

一会儿

我刚闭眼酣睡过一会儿。这期间
我便不在这世上一会儿
我挂念的人、母亲和姐妹，此刻不在
我混沌的时刻，我便
离开了他们一会儿

我刚说了一通无关紧要的话
我的牙严重咬伤了我的舌，我捂着腮发愣
听见肌肉松动，发出声响，我便
死去了一会儿

我只身去一趟郊外，与泥土
待了一会儿，感觉大地朝我升起
一点点，过去的光阴无缘无故
迎向我，我便
沦陷了一会儿

“我看着你的时候，就想爱你一会儿
一会儿也像是永远。”
我听了你一会儿
你有沉没的唇齿
通过它们不在场的开合，有些
神秘的事物幸存下来

此刻我被你，一寸一寸
取走了一会儿，我便
复苏了一会儿

然而一会儿，也是永远

2008年6月，麻村

今天我将以另一种姿势起床
从我的身体里，从这张小床上
从我的盲肠，从这扇门
这个猪肝色的门牌号，有耗子歌唱的窗台
从我此刻占有着的伪生活的真实里
我将郑重地起床

从两个相互抵触的我，果断起床
我的双唇上有一群嘤嘤嗡嗡的声音
它们激烈地争辩生活该对美学还是
伦理学负责。我的双手安静，叠放在自己的
后脑勺上，停留了一刻
看见滴水观音又滴下了一滴水
一个巨大的虚空，正在到来
我穿上类人体的自己，迅速走出这里
穿过民族大道，途经气象大厦
前往编辑部，赚取我的口粮——
我的，我们的，共同的
现在我感到了它的重量，它建立在
虚空之上的样子，看起来那么真实

野外，一大片白茅

一大片。在野外，它们有最柔弱的腰
它们放肆，没有经过驯服
随意地将皮肤
露在风中。它们撞击我的手臂，湮没我的
肋骨，它们的边缘尖利，擦着我的脊背
我在它们中间，看见尘世的生命：
落寞，欣喜，固执
落日正照着我们。我们，残缺和完整
全都在这儿，一一呈现

清晨和傍晚的89路车

1.

清晨，我从它的起点出发
但并不到达终点
我希望它带我到某个静静的码头
哦，它并不走河堤路
我的意念试图引导它改道
但不可能。我身体里的时钟
会准时提醒并催促我
在应该的地方，起身下车

2.

很长一段路
公交车上只有司机，我
和我的影子

那些搭乘这趟车的人
去了哪儿？

他们——时间的一道空缺和裂缝

3.

九点整的停靠站。中山路有

古城的祥和之光
一个脸上开满菊花的人到街对面
她仰起头看了看
太阳照射的基督教堂，门关着

4.

戴墨镜的女孩坐在我右边。她往腿上
涂抹精油。从大腿，到膝盖，小腿，脚踝
她要将臃肿的生活涂得紧致
而有光泽。将时间涂薄。她涂得太专注
而错过了站

5.

乘客稀少时
我习惯坐在老弱病残孕专座
那位置不属于我
我在模拟年老的状态
或者幼年状态。需要
被热烈拥抱的状态。被每一簇明亮
或暗的光线亲吻

6.

雨在许多个清晨下起
回家时已停
黄昏，我从中途上车
我到达它的终点（它是否有终点？）
但那不是我的
我想记住这些被车辆无限延伸的虚空
事物到站的每一次停靠
我在那其中获得光阴的速度，形状
多么美的夜色，我走向里面。天空深蓝，人世安静

这些时日

没有人注意到那些麻雀，它们
在我的窗台停留一下，又飞走
有一只起落的样子
多么像你。在我的生命中
走来走去，往事一样
让我感知，但不
靠近。在朝南的湖边，有一次
我想起你穿过人群拥挤的街道去给我
寄一封潮润的信，那么多海水一般
的词。我为此长出鳃和鳍
很遗憾，时间对于我的培养竟是
不理智。我知道深藏于内心的旷远
将因你的缺席而终止
冬天的孩子在树梢枝头发芽
你说爱他

凝聚力

如果这么多的潮湿，来不及烘干
仿佛火山的一个缺口
孩子们会害怕这突变；会猜测
一只巨大的海龟，在地底下翻身
甚至，它撕咬他们的衣服、头发以及意志力
而远处，一群橙色和橄榄绿忙碌着。他们
手握生命探测仪；他们跪着，几乎用舌尖跟随
仪器的探头，一起伸进废墟：生命
正浮在他们的肩膀，像一群从噩梦中醒来的
水蛭，暗黄、虚弱，需要一张网
低低地升起。他们挪开砖瓦，喘气——头顶上
星空斜着，陈列两种色彩：一丛橙色
像火焰；一丛绿，像世界的森林，泛着光

不能止息

他趴在一截残垣上，不肯离去
我还可以再救一个，他说。我等待
一个需要我的声音，穿上完整的皮肤和光线
来到我身旁。我还没有经历过，这么多的
悲恸：持续，循环的。原谅我不能止息
我痛得这么慢。像墓地一样矮下去的屋宇
还在继续矮下去。看着它们
那些碎裂的石头再次疯狂地滚落
哦，一生中所有的下午
都在这里
我听见残垣下的眼睛连同裹在它们上面的
尘埃一起，发出渴求的光
它们将我牢牢钉在这里，不能动弹

自然的方式

自然以它自己的方式
跟他达成了和解
他们坐下来，点燃枯草，面对面吞云吐雾
坟冢立在地头，地里麦苗青翠
坟冢上的草也长势良好
不时有鸟雀飞来，落在生长着的地里
也落在坟冢上。鸟雀叽叽喳喳
它们知晓世间的生，世间的死
都在同一座索桥上，丢掉了铁链子

正是如此

她命令她的想法在某个确定的
时间停下来，如同苍穹熄灭
半个世纪削去一半，或足够一墙乱草长出的
无数个雨天，将没有什么人
从她身旁走过。而忍冬花从和她的额角之间

就要升起一片阴影。在墙的后面
一个带着艾叶气息的男子来了——
他的身上，一团火焰，冬天的风从中间将它
犁开。现在，那像春耕的水田一样隆起的
两团火焰，开始盲目地上升，散开
她的额角迅速明亮，又黯淡下去：

一个深坑的存在

猫儿山以东

有时，我独自一人
走到很远的地方去了
仿佛有风在推着我

当我到达华南之巅，我看见了
低处更为美妙的事物。在它的东边
一条通向纵深的小径
我沿着它，越走越远
渐渐远离了高处和众人
渐渐地，听不见
他们的谈笑声了

我穿梭在灌木丛中
群山将我掩藏
群山啊，藏着顽石像藏一块璞玉
那么窄，又那么广

够不着的七月：营地日记（节选）

1. 星期日

但是他将那明净的绿色火焰绑在了高高
荡起来的秋千上
柏木林。队列。有壕沟的打靶场
这陌生的寥廓
正被一种看不见的形式环抱并在其中
绵延。迎向它。既然这开阔保持于一些
可以穿过的屏障里——遥远的
四面长长的墙，和有着硕大树冠的
小树林子

2. 时刻

那个眼睛里潜伏着大海的士兵，正收起
菜园子里的黄昏。他经过打靶场
风的队列，就开始不停地集合与解散
他指挥着一个庞大的不规则阵营
那儿，热气蒸腾。一大锅白灼虾和洋葱
从内部听他的话

有时他忘记了锅里。在蒸汽中走神了
一阵离队的风带他去了很远的地方
炊事班班长，那个满脸青色胡楂的人

及时出现在厨房窗口。他抛给他一串铜钥匙
“也许能打开时光之核。”他诡秘地笑着
从我的椅子旁走了过去

3. 晚餐的号角声

他们唱着歌儿，用胶水管冲洗厨房的地面
士兵们吃饭的铮碗，照出他们胸前的纽扣
晚餐的号角声已吹过
挨着餐厅的一条长长的水槽旁，忧郁的
水龙头们滴着水滴。我触摸过它们，
听见它们潮湿的
回音，正躲在墙角处，慢慢长出青苔和水垢。

歌声的浮力……一片移动的草绿色随号令
集中于某片屋瓦的暗影后
从他们的步伐里抽出稍息的时间
来贴近生活的柔软：
端起那盘子的两端

4. 瞄准

我感到踏实：那气息
从过去守护我。胜过明日

我开始装子弹，推枪匣上膛
用两只眼睛瞄准
你知道我喜欢另辟蹊径
这让我确信，一次完美的射击
将从千百个方向到达：不偏不倚

现在，我的食指停在扳机那儿
进入我视野的准星呈十字形。这是一种
对后冲力的一次祷告：
它咬伤我右边的锁骨，或者它
飞到我的身后去
听着，别动，那一粒子弹已经飞出去了

5. 第四天

第四天，我拥有远古铜酒盏般的皮肤
我的脸裸露在太阳光斑点染下的空气里有
麦粒般的形状和疑问
穿迷彩服的人在远处挖一口井
他们浮上尘土的肌肤，看起来像刚出土的文物

而有一片移动的绿树林，从训练场上闪过
其中有我们的孩子们
他们远远观察那口尚未成形的井，耐心地

但这原始的劳作方式与他们
毫不相干。有一阵儿，他们感到难以理解并
发出瞳孔里的涟漪声
那么，孩子们，请你们再站得近一点儿

6. 第六天

生病的孩子，多么像
一棵虚弱的小白杨
清晨，他靠在你的膝盖上，睡着了
你听见年轻教官的脚步声
他让病孩子和曙色一起
降落在他的肩膀上，然后离开医务室
与他契合的早晨很快刮起一阵风
你紧随其后。为了感激，只需一点点阴凉
挡住太阳从背后伸出的爪子，它金黄
热奶酪那样流动着
病孩子的掌心渗出汗
你看到，一串子弹头项链掉了出来
它们望着你：铁的一次犹豫

她弯着腰，度过了她肉体的一生

有时我们从黄昏的河滩回来
看到她长久地，在灯光里扫地
她手握竹枝扎成的扫帚
要扫净这屋前屋后的
每一片枯叶，包括她身体里的
每一粒尘土。她的腰因为早年痛风
而永不能直立，她弯着腰，度过了
她肉体的一生。双手撑在膝盖上
经过她的光线、时间，从河滩吹来的风
和言辞，都不由自主地
弯曲了一下

仲　夏

恰是五月的风。刚被割了一茬。又长出了
一茬。噌噌噌，它们拔节的声音
抽穗的声音。追赶河岸芦苇的声音
它们的生长有时高出了天空
有时又低于地面。但并非捉摸不定
它们要么是青，要么是黄
要么是一条河的颜色。一个人
一生的颜色
趴在一棵麦子上，一朵白云上
它们和许多个仲夏夜一起
谈论白天的白。高处的高。刚刚过去的
春天。或者黑夜，那正在来临的
纯净的黑

西街往事

心在这时疼了一下。一些往事和面孔
从街道的那头浮出来，并很快闪了过去
一切都将闪过去，对于我。这不收藏时间的
行走族。阳朔。黄昏。仿造的异国建筑和
空气中的箫声低迷
一切都将走进，我的长镜头，短镜头
我却要走出。所有可能
回忆。或到达的
地方

途　中

而总有树荫贴在地上。把一天的旅途
斑驳出水来。旅行者站在风口处
看花花绿绿的地图。有时候
他觉得，树荫就是地图。把他从这里
带到另一个地方。而另一个地方
也会有树荫把他带走。带到
更远的远处。只顾唱自由的歌
他才不管　那个远处有多远

裸　露

河床裸露着。一如既往
呈现大地的真相。我们有时停下来
在它从前涌动的岸边，捣衣石多么安详
我们举在头顶的狗尾草
多么招摇，多么不谙岁月
暮色掀起乡野的静寂，每一个日子
每一个日子。我安放在你内心的波涛
并不安分，并不宁静

在西岛

天空太低，而海水太高
任何一片蓝都可以将我的视线劫走
都会让我以为那就是天，或者海

这小小的误会多么好
避开那些微小的雨
我赶上你的时刻
对你，我从来都怕太多的赞誉
会降低我内心的战栗
我只说：我爱

那些有筋骨的石头

走到天女浴池时，月亮还没有落下去
从微弱的晨光看起来，那些石头
躺在三叉江的河岸上
像是谁不小心，遗落了那么多土豆
一盘土豆一样的乱石滩
承受着我的体重和温度
风中不知道谁在小声哼唱
我怀疑是那些石头
它们也会唱歌吗
它们也懂得爱恨吗
我俯身，和它们躺在一起
它们有筋有骨，有山水画，有日月照过
溪水冲刷过的痕迹，而表情丰富
它们身体里的铁
它们身体里的硅
它们身体里的钙和铝
这些密度不一的物质使它们在月光下
发出空旷的声音
嘘，别出声，请走近这些有秘密的石头
带着赞美去倾听
天光打开时，它们会集体缄口

摇摇欲坠

我窥见她，她的疯狂——她在胳膊上练书法
（胳膊是一张上好的纸）
世上还有谁更能理解她，除了我——
我不知道，她往那个局促的空间小心放置
自己的肉体，但我还是听到了——
生存如一张宣纸上的草书
摇摇欲坠

一个耳朵上裹挟着禁忌的人醒了过来
在她的背后，一摊墨汁，像黑夜的早产儿未剪断的脐带，摊在地上

隔　世

是隔着雨和时光的。小巷因为偏僻
而浮出尘嚣
蹚水而过，我们仿佛纸船
在这世上飘零，因为相似的经历
而同时抵达
一个藏在童年的隐痛　温暖和
内心重现的地方。那时
你笑得腼腆，把脸浸在
渐渐绵密的夜色里
我们说话，听见更大的雨
落下了屋檐

如　此

隔着人世我写了这么多。火车终于开动
空铁轨上空燕子低飞。天气阴凉
时间某月日。你说恨

我其实什么也没说。西风一行。街道一条
秋天相信宗教后便有了罪。下一秒
你把光阴掐死

于是我爱你。形销骨立地爱。像爱着一只
离家出走的小狗。多年后它回来
我已搬新址

叙　述

我乐意向你叙述，一天傍晚
我是怎样走在江边，看茫茫夕阳
落下寂寥人间。我看到江两岸的人们
纷纷收拾工具，离开田间，回到
他们自己的家中，生火，做饭，升起炊烟
我曾低下头来，看到脚下的石子
多少年的洪水，没有冲走它们
光滑，圆润，它们依然在这里，陪我说话
看天上闲云。因为喜悦，而将手停于
腹部，听到里面传来原始的搏动
的确，我不知道的事情，正一件一件地发生
比如一个小东西，正在我体内生长
像个胚芽，圆形，走动时有空旷的回音
我承认自己固执己见，必须为决定
承受一切：放下人世间的享乐
像闲云般散淡。必须俯下身来
倾听大地的胎心，安静，秘而不宣

有时我站在矮松林下，听到风吹拂
松针的沙沙声。我知道了：这一生简单的智慧
和简单的善，风一样的，用我的小半生
去明白，而用大半生去学习
我自信还有足够的时间，因为上天给我的
又一次光芒和生命，它已经开始

落　日

落日绕远山，许多事物的影子
在大地上
浮现出来。在一块岩石上
我们的手印和脚印，多么像是
刻上去的。我藏在树的
阴影里，你看到我，仿佛我们，也像是
刻在了岩石里，不会交谈
也不会亲吻。但是当我们走得远一点儿
落日就落在了我们身上
时空弯曲，你几乎要质疑自己所见
像一个真理，像是一束光
长期睡眠在岩石内部
直到时间来拍它的脊背

露天电影

一个不同寻常的夜晚。放映员到了这里——
麻村二街。黄昏收起它的翅翼
孩子们早早地等在场地中央——
一个惊奇，一个投映在银幕上的自己
但他们的惊奇这么少。他们再也不会
绕到银幕的背面，因兴奋而发出尖叫——

一个时代带着它缺席的手臂前来
一旁观望，但不鼓掌

春　天

草莓伸过来的一只手
绿指甲被修得整齐

我看见前世的眼皮
朝我眨了一下

美　玉

假如有足够空的一座空山
在春天，发出纳兰提一样迷人的颤音
我的骨头是我的界限

它上面，泊着一个蜂鸟的帝国

游　戏

我愿意躺下来，当一截铁轨
为你的托马斯——
它是一辆忠实的小火车
你开着它在我的肩膀，脊柱
在我窄窄的手臂上奔跑
你的快乐在想象中翻山越岭，腾空而起
这些，我都愿意。甚至你大喊大叫
直到天黑也不肯结束游戏
哦，它要爬坡啦。它要冒烟啦
它要为灯塔运去一个明亮的灯泡
你知道的，我不能动，一点儿也不可以

我写着写着，又会走神，会走到窗口
亲爱的儿子，原谅我是一截心猿意马的铁轨
我不能装作没听见——

哦，那一定是个悲痛的妈妈
她在街上大声哭喊：心心，心心
等着她的孩子从街角跑出来，笑嘻嘻地
跟她说，妈妈你看，我在跟你
玩捉迷藏。可是天黑了
淘气孩子的游戏，还不肯结束

我只愿那是个简单的游戏
像你一样，玩累了就会回来喝牛奶

山中之夜

蛐蛐的叫声好似打开了一扇经年的门
我们推门而入：
多么好的青苔蔓延着
这件贴在岁月身上的衣服
碧绿，湿漉漉，夜露使它温驯

是什么使我们一度远离土地？
坐在稀疏的星空下
黑夜多么纯净
我的心被那些重叠在星光下的石头
挤得有些滚烫
又被山中之风吹凉
大地：为我生长出另一个你
就在此地。此地有：田园牧歌
有无数可供哭泣的溪流

昨天的意义

春天的事物躲在光阴里层，抽芽的速度
比昨天快。你将追赶它们，像追赶
一个熄灭了的夜晚。总是这冷却的炉灰
在悄无声息地敞开。你看一眼自己对面的人
如同蜡像，互不相识。很多年你朝那个人
挤眉弄眼，嘟嘴吐舌。她什么也不说
如果你不能令她开口
那么你将徒劳地做着这一切：伤口在另外的地方
说出了你想知道的。但是你听不见

消　解

世间有许多未知的事物在等待我的生命
大地上跪落的草一样，在等待
我风中的命运。而秩序总将我捆绑于世上
我活着的地方，你，你们，这些众人
在持续不断地进行着消解。你们摆出的
各种姿态，白天黑夜的言语，消解着
我的冷漠，焦虑，散漫和放浪
从而成全我。我的昨天
锈迹斑斑的往事。随之而来的明天。在那儿
时光的牙齿将静悄悄地咬碎我的青春
哦，这些从不消停的轰鸣着的寂静
在逐渐消解着一个矮个子女人的全部欲望

辑四：心中的灰熊

魔蝎·十日

仅仅复苏了一日。十日里有九日
蝎子都在那个庙门前
专心念咒和招魂

我有扶桑，以一日抵九日，我只醒半日
如今国度模糊，不知该哼哪一首曲子
来析出多余的热
析出毒。析出爱

或者你一日北上，三日南下
沿途乌鸦的叫声使你心慌，你并没有
按照预言那样死去。山野多出一座
空坟，凭空的。我们相望，毛骨悚然
邪风翻墙，吹倒鹿鸣声。又轻又快

你拨开头发，让国都朝向你，让万里长城
赶上一阵杏花雨
有人喝南瓜粥。有人吃烧饼。春天胡乱生长
风吹了今日又吹昨日，分明是
时空错乱。我们并排睡在墙根下，在无论
谁的故乡，中间隔着蝎子的腿
必须排除想象，排除梦。那时你就是我的

一服毒药。治我病，疗我伤。亦助长咒语
庙门锈迹斑斑——而我越过铁锈，越过门
触到了铁，触到了你。十日有一日
是我们的，是野罂粟的

高处和低处

十分钟前，他仿佛被吊在空中的脚手架上
在快要竣工的32层高楼建筑工地
他被替换下来，脸色煞白
“我有恐高症。我讨厌不着地
和临死的滋味……”他说着
双手抱头，哭起来
在这个夏天的傍晚，夕阳扳住他的肩膀
往生活的水潭里猛按
过了许久，他浮起一张沾满泥浆的
无助的，年轻苍白的脸
大口喘气，他的鼻子几乎
碰到了空气中锋利的刃
他把自己割伤了，打着喷嚏
走向那条刚铺好沥青的公路

心中的灰熊

浅睡在他心中的那只灰熊
再次咆哮起来，扑向他。“在黑暗，隐蔽的
地方。”这个声音使他发狂
使他不顾一切地冲向荒野
你握紧鼠标的手，也跟着他
在旷野的风中狂奔，因为激动汗水濡湿手心
你按住暂停键，想让他
不安歇的灵魂停一停，停在时间的某一刻
但无异于试图熄灭一场蔓延的
平原大火。你眼睁睁看着他
在一部传奇中烧伤自己。他去牧马，去狩猎
生来听觉敏锐，能清楚地听见
从内心的密林传来灰熊的声音
他在暗夜流着小兽的血液，这野性的生命
如此放荡不羁，都是你曾想过
而没有行动的经历
现在你把这经历一再扩大
假装是你自己的一生
以此安慰你那颗青春将尽
而不够勇敢的心，“将众人的明月，
据为己有……”
为此你感到了羞愧，脸红着
把头埋进臂弯

黑白相簿

——致已逝27年的小舅舅

为了看见世界他出生，他浑身带血，蜷缩在接生婆的手里
他张开无牙的嘴，这人类的黑洞在哭
为了长大他去攀爬山崖，他追赶太阳他撞开看不见的空气
他是一块陨石遗留在人世
为了炊烟从屋顶升起他砌好一个烟囱
为了河水自由流淌他拆开拦水坝的石头
他去最深的湖里练习泳技和憋气但他没有鳃
为了生存他在土地上耕作而不抬起头
为了一缕清风他去种植棕榈而使稻田荒芜
他去蓬蓬仓河打鱼，集市上换来盘缠
他用一年的粮食换回海鸥牌相机只为记住远方风景
他收拾行李在寒冬的早晨离开故乡为了有一天归来
为了说服时间他变成停摆的钟静止在十八岁
啊时间，他赢了你这嗜赌成性的老赌棍

黑白相簿，积满灰尘
他站在白云下的树荫里笑
笑无穷无尽的尘世啊为了出生他去死亡

困　倦

我很困，困得快要长出鳃，长出鳞
闭上眼睛就能看见一川逝水，看见你溺水的样子
哦，我能为你做点儿什么？营救你
或者，教你怎么游上岸，这些，都要等到你出现
才变得有可能

梦　境

这一天发生了什么?
我在昏睡
但我的的确确路过了望火楼
它斑驳的墙体咔嚓嚓地
往我的大脑里剥落。夸张的尘土飞扬
像电影里的蒙太奇效果。而我不能跑动
尘土埋住我的脚踝。从我的脸部
长镜头拉伸出一幅春天的背景
我站那些旧墙体前面，长久地
等待一辆未知的公交车
（似乎是星期六，而我要去哪儿？）
从日落到天黑
星辰升起时它终于幽灵般出现
我走到陌生人身旁的空位
对他说起一堵墙刚刚坍塌，说起另一个陌生人
而他并不惊讶
“我每天在土地上劳作并给
不同的人写信。
一个干净的院子陪伴我
紫藤光阴般的速度爬上屋檐。”
他看着我，他的眼睛变成了两条隧道
“我就是那些不同的陌生人，
在不同的地方，收取你的每一封信。”

他吻了我的手背
拄着拐杖——那从腋下复活的一棵苹果树
下了车

这些落入黑夜的黄金

落日卡在树梢，时光里
最为深沉的一页
翻开在古宜镇
有人看见你，走过三江风雨桥
那时，初冬的风正升起你的渴望
它使桥身变长，它想接住
一次落日的垮陷。总是
成为你的猜测

停止在旅途。时间是个小说家
它惯用倒叙，有时是
革命主义叙事手法，为一次
不可多得的旅行，进行大肆渲染
仅剩下细节
只是你什么也想不起
当你沉默着，走向那片向日葵
巨大的惊讶使你站在那儿
你说不出一句话
直到……
天完全黑下来
你发短信，告诉一个人：
2010，11月，这些火焰，这些
落入黑夜的黄金……

在丹州

一群醉醺醺的异乡客。找不到西北
窄巷子。寻常人家小酒肆。五斤桂花酒
斟了六七杯。短暂的寻欢。无拘束。
醉生梦死。“我们都是酒鬼，
回家时愁眉不展……”
糯米的缠人的气息。苗寨之夜
遍布旧江南。遍布风和雨
整个街道喝得东倒西歪
风景向后退去。我们是
他人田里的糯米。被小镇的光阴
这团酒曲，发酵、霉变
酿成了酒。酿成世界的心
就这样睡去，变老，变颜色
归来人不识

十月随想

秋天在发动一场内部的叛乱。我往下沉
负重一些时日。阳光下
我倒出生命中单纯的欲望，倒出腹中
时时翻滚的大海。我拥有的就是这些
多出的，就留给你，给那些最寒冷的夜晚
但是年老的太阳像是永远睡不够
指望它晒干这些湿漉漉的物件
需要捂热一块石头的
耐心。我总是缺少定力，忘记照看天气
我注意到我的手脚和眼睛，也总是习惯
忽略了他物，露在空气中。它们喜欢这样
也是我喜欢的：自由地，旁若无人地，忘我地

渐　变

她们将他绑在自己的舌头上，偶尔咀嚼
有一些遥远的夜晚，她们把他放在
一扇玻璃门后面，给那
茫然的陌生人。她们喜欢
故事的存在，或发生

躺在午后的墓园里，她们回忆起
秋天的时光。他的夜晚。很快消逝
两个新鲜的孩子，从昨天
以光阴的速度取代了他

丛林之中

那些密密的丛林之中，藏着紫色浆果

清晨，我抱着儿子上山。他心里满是浆果
夏风清凉，地上露水未干。我踩着湿漉漉的松针
感到它绵软，厚实，几乎不发出声响
丛林寂静，露水偶尔滴落——
啪嗒，啪嗒

两岁孩童一言不发。在一处密林入口
他挣扎着跳下来，向一棵松树跑去
哦，那儿长满蘑菇，像是谁
从地峡深处的另一端，高举出地面的小伞

我穿行林中，越来越进入某些寂静的事物
一度忘记身后，跟着幼小的儿子
当我拨开枝蔓，看见那些浆果，紫色的
星星般滚落在叶片间
我的儿子——一枚更大的新鲜浆果
早已等在那儿

风不停地吹

风不停地吹啊
它吹散了往事和梦魇
吹落了落日和时间丰盛的谷物
吹走了身体里的每一道裂缝
多好的解痛药啊
吹着吹着，就把人从这世上
吹到了尘土里

ZP@

四月末河水找不到渡口。只有舟横于
心上。她热爱，幸福一天比一天严重
一群小学生经过她窗前，有时拿着风筝，有时
拿着提桶，走到拐弯处，她看不见的地方
她开始贪恋世界：起初，月光照不进她的
屋子，直到有风吹来，直到群山
带他到她的面前。她走到天空下
突然明白了：大地、草木和低垂着眉眼的佛
从前她与万物对视，但万物低垂
现在爱情与万物同。低垂，低垂，广宇在怀
对视无用。她想低下头来，说，ZP@
在那个小邮馆前，白鸽从各地飞来
爱，使时光难挨。春天过去，一朝一夕
比另一个人知道的，少一点点，慢一点点

引　力

黎明时，我感到大地有一种
比平常更为强烈的引力。在我的脚心
微风吹动时，被一个无形的磁场
吸附在原地。小虫子粘在
墙壁上，对应它的磁场在，墙的另一面
供我们无穷想象的地方
恰好在那时辰：昼夜连接，星辰隐去
而光线迎合着我，内心里升起一股狂热
我现在正想着一块玻璃，在它背后
一阵龙卷风来找自己的身体，从一扇门移到另
一扇。它将继续看见，一个洗衣房的女工
将两件衣服，洗好的，交到顾客
手上，并露出迷醉的笑容

长成自己的样子

我离走出自我还有一大截距离
我还放不下内心里的苦
纠结于一段情感，无法享受生活中
简单的幸福和琐碎

我仍然在星期六做南瓜饼
焙成一个人的样子
再一小口一小口地咽

我途经一些热烈的事物。
向日葵的海洋。我不能跑过去
陷入其中。我怕它们会点燃我
我的体内，有比它们更炙热的火焰
有比它们更温婉的时光

当我从彼处离去，回到此地
我长成了自己的样子

热　爱

微风吹过也就吹过了
我曾爱上天空
也就爱了。如今我无限自由：
我要通过爱众人，来热爱你
通过他们的潮湿，来握紧你的手指
获得你。占有一个秋天，一片稻田的
金黄。一阵深夜的蛙声
啊，我要如此
一粒一粒，消耗你
有时我胡思乱想
被一只午夜的蜘蛛
蒙住心智。我热爱，多么虚无，苦涩
看见你，睡在尘土之上

在弃置已久的阁楼，我们织网
织一张思念的布。我不曾说出
我在。我们在
你看那些日子，多么绵长
有一趟清晨的火车
在等着我，有一些我不认识的人
在等着和我一起
去修补某个未知的坏天气

我说了这么多，但你在沉睡
那么好吧。不要贪睡
那儿冷。有我岩石一般的过去
我怕它硌着你的背。但是请说
疼。说吧，我便原谅你
便使光阴虚度，爱屋及乌：
我爱你所爱过的人，爱你爱过的土地
爱你头顶的天空和白云——
我有一头鲸的安宁，与热情

邕江边

邕江江畔，几朵炊烟犹犹豫豫
流浪汉们烤地瓜，三四只，四五只
红的黄的和紫的。没有她的份
她看江水里小而灰的鱼
小而灰的虾，大而白的云朵，是星期天的
所有财产。她比他们多出一所心的别墅
在她停顿的地方
江水依然往前，而她往后
二十八年，滔滔江水不记住她
江里的石头记住，他记住
江水里有多少秘密，除了她，再没人知道

春天是个加工厂

春天制造出水南风
使我坐卧不宁。我打开玻璃柜
想到四月，才刚开始
七十二种花儿，还没开到一半
水南风就走不了，就会长期占据

春天的流水线
更多的鸟鸣来到这里，但它们听不见
它们一些跑到原料间，一些跑到成品间
均认不出自己模样

春风，吹绿大街上的一群孩子
到处是春天的零部件：草色遥看
旷野和爱

魔蝎 I

通常是无所归的——
道路的空。天空的空。手伸出去而脸庞
消失的空。风与镜子的空

通常是具体的——
位置的空。屋宇的空。凌晨时小狗跑过街道
吞掉影子的空。枝头与果园的空

通常是这样——
一只蝎子爬过石崖，我的心是空的
日子住进来，握紧的拳头
慢慢松开

魔蝎 II

蝎子睡在锅底上，制造毒液
蝎子摸到了天
蝎子说，火星，你慢点儿熄。但是火星
还是一盏一盏
迅速地灭了

这是秋天的第二个月份，我中的毒
已深入骨髓。庭院里，桂花树
抖落了黄昏。我的血管渐渐扩张，变绿
暗香开始变凉。蝎子开始酣睡，它的气息也
凉下来。天幕是巨大的锅底
支撑它的铁架，正在下陷

隔　世

是隔着雨和时光的。小巷因为偏僻
而浮出尘嚣
蹚水而过，我们仿佛纸船
在这世上飘零，因为相似的经历
而同时抵达
一个藏在童年的隐痛　温暖和
内心重现的地方。那时
你笑得腼腆，把脸浸在
渐渐绵密的夜色里
我们说话，听见更大的雨
落下了屋檐

簌　簌

我喜欢这样的声音
簌簌簌簌簌　这是一场雪落在地面
树梢头　瓦楞间
落在心上的声音。簌簌簌簌簌簌簌
雪下得越来越急促
南方以北，被覆盖的道路，村庄，电网以及
无数的车辆，无从穿越的眼神
全都湮没在这个声音里　簌簌簌簌簌
簌簌　这是天空呜咽的声音
雪不厌其烦。它有足够的时间和精力
按照自己的意思往下落
簌簌簌簌簌簌簌
这些雪关于童话和一场
灾难的预言　一次旷日持久的
季节的意外和喘息
它们如此盛大，无边
肆无忌惮。那些在路上的人
接近温暖的水井和节日，接近
大地的中央：作为冬天的主角，雪前仆后继
执意赶到这里，只为成全自己
某些坚硬的部分

风吹草低

牛羊不见。只见天空。只见晨光里的
事物：暧昧或纯粹
民歌中的故乡丝绸一般
铺陈在那本
来历不明的画报上
风吹开刺槐旁怀抱柴草的
老妇人的衣襟。她核桃样的脸在阳光下
渐次舒展——它正把自己
送往春天，我和你都挡不住

但我会忍不住说出
那半裸的乳房：因为哺育而干瘪
那同样因为喂养生活而凹陷的小腹，现在它
平坦得像没有存在过
她站在刺槐旁，和树一样老
或者，比树还老

风拂开岁月，屋顶低下去
有草长，有草枯

黄口山

似乎是静止的
停在二月枝头的亚麻花
依旧是枯褐色的，它们还来不及
坠入泥土，山腰就开始返青
我还来不及呼喊，风声已经
盖过了我的声音

在高高的黄口山上，风扬起我灰色的大衣
像天边一朵降雨的云，却没有事物急于躲避
山坡那么高，已经到了最高处
那儿，像不像是内心居住的处所?

山尖的太阳排列着事物的阴影:
亚麻，冲天杨，赤楝草。粗糙地
挤挨在泥土间的石灰岩
从来没有人在意它们
在它们心里，高处就是:
自在，有我，和风

力　量

那看似微弱的，胜过一切
种子顶开玻璃瓶塞
蚂蚁抬着一块岩石般的面包过了桥

羔羊眼里流出泪水
它将人类弑母羊的刀子藏于自己身下

黑色枪口对准一个手无寸铁的男孩
他把鲜花插在枪口上

修　辞

有些时刻我必将停顿。像个逗号或省略号
但旅途漫长又无知，这冗长的句群
让简单事物开始缠绕生长

我停在山间小路银蛇似的
倏忽一闪处，仅为了收回自己摇曳而
日渐生出语病的心
风景如何成为绳索，将我捆缚，不得而知
我有南山，你有美玉
自不必言他

我贴近旷野如同贴近世界的皮肤
而并不满足于贴近。我索取，品尝，占有
对一切保持新鲜的幻想

我想让自己奔跑起来像一阵风
但风无从生出躯体
我想进入一棵古树滴落的油脂
好加深时间对我的保存
但并不想真的成为琥珀

或者换一种表达方式
一个人跟一首诗生活在山顶

拥有一涧流水。他每天扛着白云当面包
没有针线去缝补世界的伤口
修辞在一个人的手心，它有时就是
谎言、虚构与想象

起重机

到了下半夜，起重机发出一声叹息
停止了它无休止的轰鸣，安静下来

她的脚踝风湿痛，脚印左深右浅
露水慢慢爬上天台
它们很快会占领整个西城
会淹没三角形的路灯。浮尘。河堤
客运站是湿润的。蛐蛐的叫声
以及掩盖它们的草丛，一爿一爿的楼房
也是湿润的

后来她退到天台的角落
感到衣衫泛潮。她脱下它们
在施工照明灯的强光下
起重机裸露的金属的身体
沾满十一月的寒霜

在梧州骑楼

一次漫长的旅行。从古希腊，经欧洲，过广州
最后到了岭南苍梧。这生长在黑地上的骑士
我站在它脚下，虚拟一场历史的
洪水。它泛滥的哑灰色油墨
涌上静悄悄的民国街道
睡梦中的人醒来。不慌不忙，见面打招呼：
看，画家上帝的又一幅写生

我们在油画之外，谈些过去的人事
吃龟苓膏，敲陌生人古老的门
深夜里一遍遍游荡。经过一位诗人工作的地方，很美好，拍照
骑楼很美好，拍照，拍到它砖柱上锈蚀的铁环
我踮脚触摸它，它的身上：
泊过一段旧时光。一只褐色小船。一首无名作者的诗

凌晨四点的石表山

那样的一个凌晨，四点钟，黑魆魆的天空
弯曲，高远。三五颗星眨着困倦的眼
我们在黑暗中走路，听见沙沙的脚步声
像从岩石里传来
稻田那边涌出波浪似的的蛙鸣和犬吠
多么纯净啊，许多年前我们也是这样
在黑暗中结伴去看日出。看一座山
被大雾笼罩，变成海水包围的岛屿

我们说话，天色像一尾鱼，露出它的腹部
露出石表山：一幅巨大的赤色屏风
我们走进去，往上，走进我们想象的一场迷雾
山脉渐渐低于我们，低于初升的太阳

晒场上

扬起的碎屑，有许多刺痛了双眼
她们用亚麻布遮挡疼痛。手指上
胶布泛黄。她们不感叹，不抒情
在阳光下翻晒谷物，喝井水
雨水漫过的大地还未干透。她们
和帆布上的稻子一起，齐刷刷地
发芽了。孩子躺在草坡上
也齐刷刷地，发芽了。这个秋天
她们忽然变得沉默
变得忧伤，如同一株
躺在水里的庄稼，无力
再向上生长

挣　扎

清晨，玉米秸在火中挣扎
煮熟了甜香的玉米
饥饿的孩子在秋天啃完玉米粒
留下玉米棒，继续
煮明天的玉米
我感到胸中的那锅水
也要煮开了
泪水隐忍着淌不出来
我尚不知道，那抱薪纵火
消耗了整个时光的人是谁

声　音

那年秋天，你走到月亮背后突然隐去
我便哑了
我打着一个手势
重复那虚无：
我哑了——我哑了——

直到今天，我还哑着
说不出话
我忘了我的声音
也曾像百灵鸟唱出的歌儿
那么美丽，那么动听

麻村的时光

这一次，没有声音替它报站。连报站器也在
厌倦。厌倦它的琐碎，嘈杂，混沌
厌倦它乡村一般的皮肤但远离田园
而这就是我要到的地方——麻村，我在其中
的某个屋子吃饭睡觉欣喜忧伤并写下
诗行的地方。我走向它，与一堆面条、水果
和书籍。生命中繁忙的一日，将在这里结束

而我试图忘却，用它的名字取代故乡
有时我靠在顶楼的阳台上喝酒，看自己种的
南瓜又开了三朵花，苦瓜结了四个
最老的那只丝瓜也要掉下来
君子兰三年只开过一次，迎春花正在长叶——

我一边看着
酒又喝了一半
风又吹远了一些时光

麻醉师

他穿着绿色手术服
帽子也是绿色的
那天傍晚，他拿着针头
走进手术室，捏起我的手臂：
“听我的，睡一觉，
疼痛就会消失。”

是真的，疼痛消失了
仿佛一切从未发生
后来我面对尘世的每一份赠予
就会听见，手术刀割皮肤的声音
想起醒来后，伤口的剧痛
却再也没有人
将我推出手术室

凶　手

除夕了，爷爷从鸡笼里
捉出两只鸡
说要给孙子，吃上大鸡腿
刀子已经磨得锋利
多么美丽，高傲的贵妃鸡
眨眼就在地上胡乱挣扎
我的儿子，前一秒还欢呼雀跃
后一秒号啕大哭着
说要报警
把凶手抓起来
这一天，每个人都小心翼翼
不再提鸡腿的事
好像我们真的
窝藏了一个
十恶不赦的罪犯

花果山记

在东兰，花果山
我们遇到的是：
清露。红枫
金樱子和酒
羊粪球
生羊血
一场雨中落下的松针
踩上去有沙沙声

我们没有看到羊

2015年最后一首诗

这一年，三次进医院
先是我，接着是父亲，再后来
是幼小的儿子
上帝要让他的骨头经历重生
10小时的麻药等待阶段
他嘴唇干裂，饥肠辘辘
一遍一遍地说
妈妈，为什么没有水
没有面包
你看可乐倒在杯子里
好像夜幕降临
我想咕咚一口，就咽下去

多么好的安慰啊
爱着，困苦重重
天空倒出泥沙
我们一起，咕咚一口
咽下去

上海记

我爱这雨天印满枫叶的街道
地铁站。雨水。分割天空的树枝
玻璃门紧闭的店铺灯光温暖
爱着高处和低处的事物
我爱它们身上的气味
我爱，只是因为它们陌生
让我感到
安全又羞涩

他走进集装箱

码头的装卸工纷纷走下船舱
有一个远离了同伴
他看了看江面，点燃一根劣质香烟
路灯下他的影子
像一件揉皱的衣服
摊在大地上

他曾开着汽车去江北大道
那是很久以前的事
他说最喜欢的
不是从高楼里望出去
不是从KTV里望出去
不是从帐篷里望出去
而是从竖笛的孔眼里
望出去的世界

他头上沾满草籽
经过红砖房时并不停留
最后，他走进一个集装箱
里面亮起了灯

二十六日晚，在外滩

是的，是我想象中的样子
穿过地铁站和人民广场
我们到达这个城市
最美的地方
看见建筑物尖顶的光芒
照着棉手套和城墙
它们有这世上全部的善
我突然泪涌
黄浦江水不因我们而停留

邮　筒

它们被新刷过油漆
证明不是废弃的
证明还有人
偶尔给它
投递一枚旧时月

但是那个下午
手握钥匙的邮差
吱嘎一声打开它的门——
什么也没有。除了
闯入邮筒的两束阳光
孤独地反射到我的眼睛